Eugen Roth
Der Wunderdoktor

Heitere Verse mit Bildern
von Hans Traxler

Carl Hanser Verlag

2 3 4 5   04 03 02 01 00

ISBN 3-446-19946-2
Alle Rechte vorbehalten
© 2000 Carl Hanser Verlag München Wien
Satz: Otto Gutfreund GmbH, Darmstadt
Druck und Bindung: Kösel, Kempten
Printed in Germany

Vorwort

Klar steh am Anfang des Gedichts:
Von Medizin versteh ich nichts!
Der Leser sei vor dem gewarnt,
Was hier sich wissenschaftlich tarnt,
Denn es ist bestenfalls zum Lachen –
Nie, um davon Gebrauch zu machen.
Mein Blick ist leider gar nicht klinisch,
Ich geb mich hier nur medi-zynisch.
Erschien doch zu der Menschheit Fluch
Manch närrisch-ernstgemeintes Buch:
Da werd auch ich, statt tief zu schürfen,
Zum Spaß wohl Unsinn bringen dürfen.
Mit ihren Lesefrüchten treiben
Obsthandel viele, die da schreiben;
Nun – da erhofft von mir man kaum
Nur Früchte vom Erkenntnisbaum.
Und scheint's euch oft, ich hätt kein Herz
Und triebe mit Entsetzen Scherz –
Besänftigt den Entrüstungssturm:
Auch ich hab oft mich wie ein Wurm
Gekrümmt vor Schmerzen, Tag und Nacht,
Und schließlich hab ich *doch* gelacht.
Die Welt, sie ist im Grunde roh,
Und trotzdem sind die Menschen froh.
Drum lest und lacht – denn, Gott sei Dank,
Es lacht so leicht sich keiner krank.
Doch freuen sollt mich's, wenn durch Lesen
Und Lachen mancher wollt genesen!

Lob der Heilkunst

Zwar Handwerk oft und nur zum Teil Kunst
Ist doch das Wichtigste die Heilkunst.
Gäb sonst ein Künstler so bescheiden
Sich ab mit kleinen Erdenleiden?
Unsterblichkeit ist Künstlers Ziel –
Heilkünstler wollen nicht so viel:
Sie sind zufrieden, kommt's so weit,
Daß nachläßt nur die Sterblichkeit.
Die andern Künste sind im Grunde
Doch nur Genüsse für Gesunde:
Mitunter mehr als ein Gedicht
Den Kranken ein Rezept anspricht,
Und mehr als ein Gemäld ihm gilt
Ein wohlgetroffenes Krankheitsbild,
Weil ihm vor allem daran liegt,
Daß selbst er wieder Farbe kriegt.
Hörst du vor Schmerz die Engel singen,
Der Doktor zwingt ihn, abzuklingen.
So ist im Arzte Blüt und Kraft
Vereint von Kunst und Wissenschaft.

Der Zahnarzt

Nicht immer sind bequeme Stühle
Ein Ruheplatz für die Gefühle.
Wir säßen lieber in den Nesseln,
Als auf den wohlbekannten Sesseln,
Vor denen, sauber und vernickelt,
Der Zahnarzt seine Kunst entwickelt.
Er lächelt ganz empörend herzlos
Und sagt, es sei fast beinah schmerzlos.
Doch leider, unterhalb der Plombe,
Stößt er auf eine Katakombe,
Die, wie er mit dem Häkchen spürt,
In unbekannte Tiefen führt.
Behaglich schnurrend mit dem Rädchen
Dringt vor er bis zum Nervenfädchen.
Jetzt zeige, Mensch, den Seelenadel!
Der Zahnarzt prüft die feine Nadel,
Mit der er alsbald dir beweist,
Daß du voll Schmerz im Innern seist.
Du aber hast ihm zu beweisen,
Daß du im Äußern fest wie Eisen.
Nachdem ihr dieses euch bewiesen,
Geht er daran, den Zahn zu schließen.
Hat er sein Werk mit Gold bekrönt,
Sind mit der Welt wir neu versöhnt
Und zeigen, noch im Aug die Träne,
Ihr furchtlos wiederum die Zähne:
Die wir – ein Prahlhans, wer's verschweigt –
Dem Zahnarzt zitternd nur gezeigt.

WUNDERMÄNNER

Aufs Zeil-Eis führt man keinen mehr –
Doch kommt halt immer wieder wer,
Gesendet, daß er nebenbuhle
Der starren Medizin der Schule,
Die gegenüber solchen Tröpfen
Versucht, sich frostig zuzuknöpfen.
Wie zwischen Waiblingern und Welfen
Hebt drüber, inwieweit sie helfen,
Bald an ein heftiges Gezeter:
Hie Ärzte, hie Erfolgsanbeter!
Dann trüben rasch die Strahlenkräfte
Des Wundermanns sich zum Geschäfte.
Eh er geheilt die letzten Blinden,
Wird wieder spurlos er verschwinden.
Ans Stanniol glaubt keiner mehr –
Doch kommt halt immer wieder wer...

WERTBEGRIFFE

Der eigne Herd ist Goldes wert.
Doch nicht so ist's beim Krankheitsherd,
Da bringt der *fremde* Gold allein
Dem Arzt und Apotheker ein.

Chirurgie

Wenn wer (damit es sich nicht sträubt)
Sein Opfer erst einmal betäubt,
Sich Geld verschafft dann mit dem Messer,
So ist das sicher ein Professer.
Die Operation gelingt
Dem Arzt von heute unbedingt.
Kommt gar der Patient davon,
Ist's für den Doktor schönster Lohn –
Weil beiden Freude dann gebracht
Der gute Schnitt, den er gemacht.

Schnittiges

Wir scheuen alle zwar das Messer –
Doch Scherereien sind nicht besser.

Einem Berühmten

Wenn du auch noch so gut chirurgst,
Es kommt der Fall, den du vermurkst.

WANDLUNGEN DER HEILKUNST

Es wechseln ärztliche Methoden
Beinah so wie die Damenmoden:
Klistieren, Schröpfen, Hygiene,
Schilddrüse, Blinddarm, Mandeln, Zähne –
Auf all das stürzt sich voller Kraft
Der Reihe nach die Wissenschaft.
Was gestern galt, das wird als Wahn
Gewiß schon heute abgetan.
Doch glücklich, wer, eh es zu spät,
Was morgen Mode wird, errät.
Nur ist vergeblich alle Müh,
Errät es einer – allzufrüh.

ÄRZTLICHES ZEUGNIS

Der Arzt bezeugt, je nach Befund,
Daß du a) krank bist, b) gesund.
Ein klarer Fall, wenn ohne List
Du wirklich sein willst, was du bist.
Doch meistens suchst du nur den *Schein*.
Will dir der Arzt gefällig sein,
Stellt er – denn darauf läuft's hinaus –
Sich selbst ein Armutszeugnis aus...

Klare Entscheidung

Ja, der Chirurg, der hat es fein:
Er macht dich auf und schaut hinein.
Er macht dich nachher wieder zu –
Auf jeden Fall hast du jetzt Ruh.
Wenn *mit* Erfolg, für längere Zeit,
Wenn *ohne* – für die Ewigkeit.

Homöopathie

Leicht läßt Gesundung sich erreichen,
Wenn einer Gleiches heilt mit Gleichem.
Zu der Behandlung braucht man nur
Zwei Dutzend Fläschchen, eine Uhr
Und die Geduld, daß man bestimmt
In jeder Stund drei Tropfen nimmt.

Honorarisches

Es lehrt uns Hahnemann, es habe
Die größte Wirkung kleinste Gabe.
Und mancher Arzt hält das für wahr,
Wenn's nicht betrifft sein Honorar.

LAUTER DOKTOREN

Ein kleiner Unfall ist geschehn:
Rasch heißt's nach einem Doktor sehn!
Das ist nicht schwer – die Welt ist klug,
Doktoren gibt es grad genug!
Der erste, den man rufen will,
Ist leider nur ein Dr. phil.
Der zweite, welcher helfen soll,
Ist ausgerechnet ein rer. pol.
Der dritte, dem man auf der Spur,
Stellt sich heraus als Dr. jur.
Der vierte ist ein Dr.-Ing.,
Der fünfte, endlich, medizin'sch.
Doch schlimmer als ein Erzquacksalber:
Er ist nur Dr. ehrenhalber!

DER STABSARZT

Der Stabsarzt sieht, als Optimist,
Dich viel gesünder, als du bist.

Der rechte Arzt

Fehlt dir's an Leber, Lunge, Magen,
Mußt du es den Bekannten sagen,
Damit sie, die dir Heilung gönnen,
Dir ihren Arzt verraten können.
Ist deine Krankheit eine schwierige,
Kann keiner helfen als der *ihrige*.
Sie möchten's schriftlich dir bescheinigen,
Daß du verratzt bist mit dem deinigen.
Herr Meier, der sich unterfing
Und nicht zu *ihrem* Doktor ging –
Es fehlte ihm wie dir das gleiche –
War nach sechs Wochen eine Leiche.
Herrn Schmidt, der auch es ausgeschlagen,
Den hat man bald hinausgetragen,
Den braven Mann, den unermüdlichen,
Er liegt im Friedhof jetzt, im südlichen.
Doch Schneckenbeck, für dessen Leben
Kein Mensch ein Fünferl mehr gegeben,
Dem gab *ihr* Doktor eine Salbe:
Jetzt trinkt er täglich siebzehn Halbe!
Drum, willst du sinken nicht ins Grab,
Dann laß von deinem Doktor ab
Und lasse nur noch einen holen,
Der von Bekannten dir empfohlen,
Weil du nur dann – wenn doch du stirbst –
Ein Recht auf Mitleid dir erwirbst.
Sonst sagen sie nur, tief empört:
Er hat ja nie auf uns gehört!

Legende

Zu einem wackern Gottesknecht,
Der durch Arzneikunst schlecht und recht
Sein nicht zu üppig Brot erwarb,
Sprach einst ein Kranker, eh er starb,
Verärgert durch die letzten Qualen:
»Laß dir zurück dein Schulgeld zahlen!«
Der Arzt, der recht sich überlegt,
Was er fürs Studium ausgelegt,
Fand diesen Vorschlag gar nicht dumm
Und lief nun überall herum
Bei hohen und bei niedern Stellen,
Bei den Dekanen und Pedellen,
Berief sich auf des Sprichworts Macht –
Doch wurde er nur ausgelacht.
Man nannte schließlich ihn verrückt
Und keinesfalls ist's ihm geglückt,
Obwohl er's trieb bis zur Ermattung,
Zu finden Lehrgeldrückerstattung.
Wär schwach die Welt in *einem* Falle,
Dann kämen sie ja alle, alle,
Und möchten fröhlich leben später
Vom Geld, das zahlten ihre Väter.

Neue Heilmethoden

Berühmt zu werden, liegt an dem:
Du mußt begründen ein System!
Such was Verrücktes und erkläre,
Daß alles Heil im Kuhmist wäre,
Dem, auf die Wunde warm gestrichen,
Noch jede Krankheit sei gewichen
Und den, nachweislich, die Azteken
Geführt in ihren Apotheken...
Hält man dich auch für einen Narren,
Du mußt nur eisern drauf beharren,
Dann fangen immer einige an,
Zu glauben, es sei doch was dran,
Und du gewinnst dir viele Jünger,
Die deine Losung: »Kraft durch Dünger!«
Streng wissenschaftlich unterbauen
Und weiterkünden voll Vertrauen.

Die Ärzte

1.

Die Ärzte sind verschiedner Art;
Ich schildre den zuerst, der zart:
Oft ist er wie ein Lämmlein sanft,
Noch spielend an des Todes Ranft,
Erzählt uns muntre Anekdötchen,
Macht Männchen oder gibt uns Pfötchen.
Er zwitschert fröhlich wie ein Schwälbchen,
Und er verschreibt ein harmlos Sälbchen,
Tablettchen oder bittre Pillchen
Und funkelt schalkhaft durch sein Brillchen
Mit Äuglein, frömmer als ein Rehlein –
Selbst Darmkrebs nennt er noch Wehwehlein.
Froh ist am Schluß das arme Kränkchen,
Wenn er nun fortgeht, Gott sei Dänkchen.

2.

Wenn ich den Läppischen nicht lobe,
Ist doch auch unerwünscht der Grobe.
Er mustert streng uns, herzenskalt:
»Was, über sechzig sind Sie alt?
Da wird es sich wohl nicht mehr geben –
Nun ja, wer will denn ewig leben?«
»Gelebt, geliebt, geraucht, gesoffen –
Und alles dann vom Doktor hoffen!«
So etwa spricht er, grimmig barsch:
»Nicht zimperlich jetzt. Ausziehn, marsch!«
»Im Kopf fehlt's? Nun, das dacht ich gleich –
Da ist ja das Gehirn schon weich!«
Holt er den Nagel von der Zeh
Und man erklärt, das tue weh: –
»Wenn's wohltät, wärt ihr da in Haufen,
Und ich käm gar nicht mehr zum Schnaufen.«
Er knurrt wohl auch, ein wüster Spaßer:
»Sie stehn ja bis zum Hals im Wasser!«
Auch sagt er, statt uns Trost zu gönnen:
»Viel wird man da nicht machen können!«
Scheint er als Mensch auch nicht vergnüglich,
Ist er doch meist als Arzt vorzüglich.

3.

Sag ich zu beiden Fällen nein –
Fragt ihr: »Wie soll der Arzt denn sein?«
Die Antwort hab ich da geschwind:
So, wie gottlob fast alle *sind!*
Der gute Arzt ist nicht zu zärtlich,
Doch ist er auch nicht eisenbärtlich.
Nicht zu besorgt und nicht zu flüchtig,
Er ist, mit einem Worte, tüchtig.
Er ist ein guter Mediziner,
Erst Menschheits-, dann erst Geldver-Diener.
Gesunde fühlen sich wie Götter
Und werden leicht am Arzt zum Spötter.
Doch bricht dann eine Krankheit aus,
Dann schellen sie ihn nachts heraus
Beim allerärgsten Sudelwetter
Und sind ganz klein vor ihrem Retter.
Der kommt – nicht wegen der paar Märker,
Die Nächstenliebe treibt ihn stärker,
(Schlief er auch noch so süß und fest)
Zu kriechen aus dem warmen Nest.
Behandelt drum den Doktor gut,
Damit er euch desgleichen tut!

APOTHEKER

Ein Glück, daß wir der Medizinen
Nicht völlig gratis uns bedienen,
Nein, daß das Schicksal, mild und weise,
Schuf hohe Apothekerpreise.
Nicht immer ist ein Arzt dein Retter,
So er dein Schwager oder Vetter
Und ringsum an beherzte Huster
Umsonst verteilt die Ärztemuster.
Im Kostenlosen liegt ein Reiz:
Man frißt's hinein aus purem Geiz.
Ja, würden nach gehabten Proben
Die Leute wenigstens noch loben!
Doch sagen sie, es sei ein Dreck
Und habe alles keinen Zweck!
Der hohe Preis als höherer Wille
Schlägt ab den Sturm auf die Pastille.
Denn noch ein jeder hat bedacht sich,
Wenn's heißt: »Macht fünf Mark dreiundachtzig.«
Es lobt darum ein weiser Seher
Der Säftleinmischer, Pillendreher
Uraltes, heiliges Geschlecht,
Das zwar nicht billig – aber recht!

Orthopädie

Die Kniee knickt nicht nur das Laster –
Nein, auch das harte Straßenpflaster
Führt brave Jünglinge und Mädchen
In die Gewalt des Orthopädchen.
Auslagen sind dann immer groß,
Einlagen häufig wirkungslos.

Steinleiden

Ein Nieren- oder Gallenstein
Mag ungeheuer schmerzhaft sein.
Wer aber redet von den Schmerzen,
Die oft ein Stein macht auf dem Herzen?
Das ist der beste Arzt der Welt,
Der macht, daß er herunterfällt!

BLINDDARM

Der Blinddarm lebt im dunkeln Bauch,
Ist nicht nur blind, ist taubstumm auch,
Ein armer Wurm, unnütz und krumm
Und, höchstwahrscheinlich schrecklich dumm,
Infolgedessen leicht gereizt,
Sobald sich irgend etwas spreizt.
Wir merken's leider meist zu spät,
Wenn dieser Wurm in Wut gerät.
Denn, ach, er kann's nicht anders künden
Als durch ein heftiges Sich-entzünden.
Wie wollt man ihn um Ruhe bitten? –
Kurzweg wird er herausgeschnitten.
Und ohne Wurmfortsatz wird jetzt
Das Leben einfach fortgesetzt.

Hautleiden

Oft führ man gern aus seiner Haut,
Doch, wie man forschend um sich schaut,
Erblickt man ringsum lauter Häute,
In die zu fahren auch nicht freute.
Hätt sich auch einer selbst erspürt
Als Narr, wo ihn die Haut anrührt,
Er bleibt, nach flüchtigem Besinnen,
Doch lieber in der seinen drinnen!

Hygrometrie

Unmittelbar hat ein Erlebnis
Oft tiefe Rührung zum Ergebnis
Und den Entschluß, ganz sicher nun
Sofort die gute Tat zu tun.
Jedoch der aufgewallten Rührung
Folgt Zeit zuerst, dann Nichtausführung.
Die Welt bleibt deshalb voll von Tränen
Und genialen Trocknungsplänen.
Vermutlich braucht sie jederzeit
Ihr gleiches Maß an Feuchtigkeit.

HERZ

Leicht fiel' das Herz uns in die Hosen
Würd es nicht auf das Zwerchfell stoßen.
Gefährlich, gar in unsern Tagen,
Ist's, auf der Zunge es zu tragen.
Man lasse es noch bestenfalls,
Aus Angst wohl klopfen bis zum Hals
Und nehm's, wenn man das nötig fände,
Mit Vorsicht fest in beide Hände!
Doch hat dies alles wenig Zweck:
Man laß es auf dem rechten Fleck!

HERZKLAPPE

Oft klappen Herzenssachen nicht,
Wobei das Herz meist nicht gleich bricht.
Herzklappenfehler heilt man wohl
Im ersten Schmerz mit Alkohol.
Dreht sich's, wie meist, um Frauenzimmer,
Ist einer leicht geheilt für immer.

AUGENLEIDEN

Schlecht sehn – ein Glas hilft da fast immer,
Doch *nur* das Schlechte sehn ist schlimmer.
Scharf zuzusehn empfiehlt sich nicht,
Denn es zerstört die Zuversicht.
Sehschärfe schadet dem Gemüte,
Wenn wir sie mildern nicht durch Güte.
Rezept: Vertrau dich dem Geschick
Des Optikers für inneren Blick!

SCHWINDEL

Zur *Ohnmacht* kann der Schwindel führen,
Bis das Bewußtsein wir verlieren.
Das Selbstbewußtsein, wie bekannt,
Hält auch dem ärgsten Schwindel stand.
Im übrigen nehmt euch in acht:
Oft führt der Schwindel auch zur *Macht!*

Brüche

So mancher geht, zwar unter Schmerzen,
Noch aufrecht mit gebrochnem Herzen.
Doch nicht, wer Arm und Bein gebrochen:
Das Herz hat eben keine Knochen!

AUF DER REISE

Schon schlimm genug, wenn sich daheim
Entwickelt einer Krankheit Keim,
Wo du, um etwas auszubrüten,
Das eigne Bett nur brauchst zu hüten. –
Doch scheußlicher, wenn in der Fremden,
Wo du beschränkt an Geld und Hemden,
in, beispielsweise, Wolfenbüttel,
Dich jäh erfaßt ein Frostgeschüttel,
Wenn dir in Schneizelreuth, in Krün,
Wird gar der Lebensfaden dünn;
Vielleicht fällt's grad in Schwarzenstein
Der häßlichsten der Parzen ein,
Dir – Gottlob ohne langes Leiden –
Besagten Faden abzuschneiden.
Vergebens du dem Schicksal grolltest,
Liegst du nun, wo du gar nicht wolltest,
Jetzt unterm Marmor oder Tuffstein
In Berchtesgaden oder Kufstein.
Darum, mein Lieber, überleg's
Und werde krank nicht unterwegs!

Gemütsleiden

Es können die Gemütskrankheiten
Nur, wo Gemüt ist, sich verbreiten;
Drum gehen auch, zu unserm Glück,
Gemütskrankheiten stark zurück.

Übelkeit

Du magst der Welt oft lange trotzen,
Dann spürst du doch: es ist zum –.
Doch auch wenn deine Seele bricht,
Beschmutze deinen Nächsten nicht!

Fussleiden

Auf Freiersfüßen langsam gehe,
Denn auf dem Fuße folgt die Ehe.

Schwacher Magen

Ein Jüngling, einen frohen Abend
Im Freundeskreis genossen habend,
Belügt sich, schon ins Bett gesunken,
Er habe gar nicht viel getrunken.
Doch schon erfaßt ihn wild und schnell
Das sogenannte Karussell.
Er bittet Gott in seiner Pein,
Nachsichtig noch einmal zu sein,
Und nun bekennt er, reueoffen:
»Jawohl, ich hab zuviel gesoffen.
Ich tu es nie mehr, werde brav –
Nur heute gönne mir den Schlaf!«
Nun, es kann sein, er kommt hinüber,
Doch meistens endet so was trüber. –
Der Wein gilt zwar als Sorgenbrecher,
Doch oft ist halt der Magen schwächer.

Rezept

Die Vorsicht ist auch dann noch gut,
Wenn man was nicht aus Rücksicht tut.

ERKENNTNIS

Zwei Dinge trüben sich beim Kranken:
a) der Urin, b) die Gedanken.

Schnupfen

Beim Schnupfen ist die Frage bloß:
Wie kriege ich ihn – wieder los?
Verdächtig ist's: die Medizin
Sucht tausend Mittel gegen ihn,
Womit sie zugibt, zwar umwunden,
Daß sie nicht eines hat gefunden.
Doch Duden sei als Arzt gepriesen,
Der Nießen milderte zu Niesen.
Der bisher beste Heilversuch
Besteht aus einem saubern Tuch,
Zu wechseln un-ununterbrochen
Im Lauf von etwa zwei, drei Wochen.
Zu atemschöpferischer Pause
Bleibt man am besten still zu Hause,
Statt, wie so häufig, ungebeten
Mit bei Konzerten zu trompeten.
Rezept: Es hilft nichts bei Katarrhen
Als dies: geduldig auszuharren.
Der Doktor beut hier wenig Schutz –
Im besten Fall nießt er nur Nutz.

Reiztherapie

Gereizte Menschen gnug ich find.
Doch wo sind die, die reizend sind?

Sonnenbrand

Auch in der Sonne höchster Gnaden
Lernt, Freunde, richtig sonnenbaden!

Neuer Bazillus

Es fanden die Bazillen-Jäger
Den neuen Ärgernis-Erreger!
Derselbe kündet andern laut,
Wie trüb er in die Zukunft schaut
Und wie es demnächst auf der Erde
Bestimmt ganz scheußlich zugehn werde.
Die andern, davon überzeugt,
Stehn kummervoll und tief gebeugt.
Doch der Bazill, persönlich heiter,
Wirkt, überaus befriedigt, weiter!

I. G.-Farben

Mit Recht nennt, wer es nimmt genau,
Der Heilkunst Vorzeit trüb und grau:
Es gab noch keine I. G.-Farben,
Die Menschen wurden krank und starben.
Sie sterben heute noch mitunter,
Doch erstens später, zweitens bunter!

SONDERBAR

Am ärgsten fällt der Größenwahn
Oft grad die kleinen Leute an.

DURCHFALL

Wenn einer viele Wochen lang
Den Prüfungsstoff, den er verschlang
Und der, zumal er schlecht gekaut,
Ihm liegt im Magen, unverdaut,
Nun plötzlich, ausgequetscht wie toll,
Durch Reden von sich geben soll:
Was Wunder, daß sein Hirn verstopft,
Das Herz ihm klopft, der Schweiß ihm tropft!
Zum Munde kommt ihm nichts heraus,
Doch irgendwo muß es hinaus –
Wild rast es in ihm eingeweidlich,
Und Durchfall ist dann unvermeidlich!

MERKWÜRDIG

Viel Weisheit braucht es meist, zu tragen
Den leeren, allzu leichten Magen.
Zu schleppen selbst den schwersten Bauch,
Genügt mitunter Dummheit auch.

BILLIGER RAT

Zum Doktor du nicht gehen brauchst,
Solange du noch trinkst und rauchst.
Wozu sich lang verschreiben lassen,
Was man doch selbst weiß: Bleiben lassen!

Spritziges

Die Medizin wird mehr und mehr
Jetzt zur Gesundheitsfeuerwehr.
Hat irgendwo was weh getan –
Gleich rückt sie mit der Spritze an,
Sei's, um des Fiebers Glut zu dämpfen
Und rasch den Brandherd zu bekämpfen,
Sei's, zu vermeiden Infektion:
Der Arzt macht eine Injektion.
Gut, daß der Mann da an der Spritze
Gelernt hat, wo das Übel sitze,
Denn träfe er die Krankheit nicht,
Er *löschte* leicht das Lebenslicht!

Vorbeugung

Daß es nicht komme erst zum Knaxe,
Erfand der Arzt die Prophylaxe.
Doch lieber beugt der Mensch, der Tor,
Sich vor der Krankheit, als ihr vor.

BLUTDRUCK

Obzwar wir sonst es gar nicht schätzen,
Wenn andre uns heruntersetzen,
So sind wir doch dem Arzte gut,
Der solches mit dem Blutdruck tut.

GESCHWÜLSTE

Für einen, der geschwollen tut,
Ist Kälte ganz besonders gut.

UNTERSCHIED

Müßt, was er liest, so mancher essen –
Ihm grauste wohl vor solchem Fressen!

WARZEN

Die Warze widersteht mit Kraft
Selbst allerhöchster Wissenschaft.
Doch eine Schnecke, eine schwarze,
Heilt, aufgelegt, dir jede Warze,
Auch Schlüsselblumen, Rettichscheiben,
Sie können das Gewächs vertreiben.
Hilft dies auch nicht, verzage nie:
Noch bleibt dir ja die Sympathie!
Ein Mittel von besondrer Güte
Ist eine sandgefüllte Tüte,
Die du so hinlegst, daß sie sieht,
Wer demnächst diese Straße zieht,
Sag: »Rechter Mann und linker Mann,
Ich häng dir meine Warzen an!«
Schon hemmt ein Wandrer seinen Lauf
Und hebt die volle Tüte auf.
Und eh er merkt, daß es nur Sand,
Klebt ihm die Warze an der Hand.
Die Neugier rächt sich an ihm schmerzlich –
Du bist von Stund an nicht mehr wärzlich.

LEBENSANGST

Oft hat man schrecklich Angst vorm Leben,
Doch mit der Zeit wird sich das geben!
Das Leben ist ein alter Brauch
Und andere Leute leben auch,
Obwohl sie's eigentlich nicht können –
Rezept: Der bösen Welt nicht gönnen,
Daß sie verächtlich auf uns schaut!
Nur frisch der eignen Kraft vertraut!
Am Leben krankt nur, wer gescheit –
Gesunde Dummheit, die bringt's weit!

BÄDER

Wenn sie als Kind zu heiß uns baden,
So merkt man später wohl den Schaden.
Doch kann man auch mit kalten Duschen
Uns unsre Jugend arg verpfuschen.

REKORDSUCHT

Der Patient es gerne sieht,
Wenn für sein Geld auch was geschieht,
Und daß, gar wenn's die Kasse zahlt,
Man oft ihn badet und bestrahlt,
Ihm Tränklein massenhaft verschreibt,
Ihm Salben in den Rücken reibt.
Ja, selbst wenn er vor Schmerzen winselt,
Will er den Hals gern ausgepinselt.
Er wird die Ärzte tüchtig preisen,
Die ihn dem Facharzt überweisen.
Sei es bewußt, sei's unbewußt –
Das Wandern ist des Kranken Lust.
Erschöpfen würde er die Kraft,
Wenn's ging, der ganzen Wissenschaft,
Nicht um gesund zu werden, nein
Nur, um der kränkste Mensch zu sein.

Untersuchung

Der ärgste Schmerz uns manchmal tratzet,
Denn: medico praesente tacet.
Auf deutsch: Es hat uns bis zum Wahn
Noch eben etwas weh getan –
Doch fragt der Doktor: Wo? Wie? Wann?
Nichts Rechtes man ihm sagen kann.
Der Schmerz, er ist wie weggeblasen,
Um unverzüglich neu zu rasen
Mit deutlich feststellbarer Pein,
Kaum, daß wir wieder ganz allein.

Selbsterkenntnis

Beliebt ist stets der Patient,
Der seine Leiden selbst erkennt
Und nun den Doktor unterrichtet,
Zu welchen Mitteln er verpflichtet.
Tut der jedoch dergleichen *nicht*,
Nein, eigensinnig seine Pflicht,
Hat er sich's selber zuzuschreiben,
Wenn solche Kranke fern ihm bleiben
Und künftig nur zu Pfuschern gehn,
Die sie (und ihr Geschäft) verstehn.

Ein Gleichnis

Die Frau, das weiß ein jeder, sei
Behandelt wie ein rohes Ei!
Sie ist ihr eignes Gleichnis so:
Empfindlich, aber selber-roh.

Lob des Schmerzes

Es sagt der Arzt euch klar und klippe,
Daß längst Freund Hein mit seiner Hippe
Hätt manchen von uns weggemäht,
Käm er nicht meistens viel zu spät,
Indem der Mensch, vom Schmerz gewarnt,
Noch eh das Schicksal ihn umgarnt,
Sowohl die eigne Lebenskraft
Als auch den Mann der Wissenschaft
(Soferne er nicht ganz verblendet)
An die Gefahrenstelle sendet.
Tritt wirklich dann der Tod uns nah,
Sieht er, der Doktor ist schon da,
Der leicht ihm macht die Sense schartig –
Und er entfernt sich wieder, artig.

Störungen

Herzklopfen bessern Hoffmannstropfen.
Doch nichts hilft gegen Teppichklopfen.

Kranke Welt

Nicht nur du selber kannst erkranken,
Die Leidgewalt kennt keine Schranken.
Auch was du hieltst für rein mechanisch,
Erkrankt oft depressiv und manisch.
Oft schleicht die Straßenbahn bedrückt,
Ein Telefon schellt wie verrückt,
Fährst du grad bei dem Schutzmann vor,
Stirbt untern Händen dein Motor.
Befällt der Brechreiz das Geschirr,
Saust es hinunter mit Geklirr.
Schifahrern beispielsweis tut's weh,
Zu laufen auf dem kranken Schnee.
Und selbst das sichre Flugzeug schwankt,
Sobald der Luftweg wo erkrankt.
Kurzum, die Welt, wohin du schaust,
Ist so voll Krankheit, daß dir graust.

Das grössere Übel

Es sei der Mensch (in seinem Wahn)
Zu allem fähig, nimmt man an.
Doch was viel tiefer an uns frißt:
Daß er zu gar nichts fähig ist.

Das beste Alter

Das beste Alter für den Mann:
Wo er schon weiß, wo er noch kann!

MARKTSCHREIEREIEN

Gern lassen wir uns durch Broschüren
Ins Wunderreich der Krankheit führen
Und holen uns aus bunten Heften
Die Kenntnis von geheimen Kräften.
Beschlossen liegt der Stein der Weisen
In Büchern, nicht genug zu preisen.
Hört! – Und ihr werdet nicht mehr säumen:
Wie deut ich Zukunft aus den Träumen?
Wie bleib ich trotz zwölf Halben nüchtern?
In einer Stunde nicht mehr schüchtern ...
Vorm anderen Geschlecht nicht schaudern!
Sie lernen unbefangen plaudern!
Befreiung von nervösem Kichern!
Die Kunst, sich den Erfolg zu sichern.
Nicht unbeholfen mehr beim Tanzen!
Die Radikalkur gegen Wanzen.
Wie fühle ich mich neugeboren?
Sie brauchen nicht mehr Nase bohren.
Wie kann Millionen ich erlottern?
Das sichre Mittel gegen Stottern.
Nichtraucher werden in drei Tagen.
Antworten auf diskrete Fragen. –
Drum macht nur schleunig den Versuch
Und kauft ein solches Wunderbuch!
Ein einziges Rezept daraus
Zahlt hundertfach die Kosten aus!

DRECKAPOTHEKE

Nimm Schadenfreude, völlig rein,
Vom Schweinehunde lös das Schwein,
Dann kommst du völlig auf den Hund;
Von diesem nimm ein Achtel Pfund,
Jedoch misch auch vom Schweinegrunzen
In deinen Heiltrunk sieben Unzen,
Vom Krokodil erpresse Tränen,
Misch sie mit ungelöschtem Sehnen,
Vergiß nicht etwas von der Spucke,
Mit der Geduld sich fängt die Mucke.
Nimm auch des Fuchses saure Traube,
Ein Lot vom Pyramidenstaube,
Vom Dreck, mit dem man dich bewarf,
Ein Quentchen nur, sonst wird's zu scharf.
Drei Skrupel von der Dummheit bloß,
Denn sie allein wär grenzenlos;
Den Angstschweiß eines Doktoranden
Meng mit dem Mief von alten Tanten.
Von Hexenkraut und Bibergeil
Und Rattenschwanz nimm je ein Teil –
Dann hast du aus dem Kern der Welt
Den besten Theriak hergestellt.
Wer sich denselben einverleibt,
Jenseits von Gut und Böse bleibt.

HAUSAPOTHEKE

Krank ist im Haus fast immer wer –
Mitunter muß der Doktor her.
Der Doktor geht dann wieder fort,
Die Medizinen bleiben dort
Und werden, daß den Arzt man spare,
Nun aufgehoben viele Jahre.
Unordnung ist ein böses Laster:
In einem Wust von Mull und Pflaster,
Von Thermometern, Watte, Binden
Liegt, oft nur schwer herauszufinden,
Inmitten all der Tüten, Röhren,
Die eigentlich nicht hergehören,
Das, wie wir hoffen, richtige Mittel
Mit leider höchst verzwicktem Titel:
Was von den ... in und ... an und ... ol
Tät unserem Wehweh wohl wohl?
Nur Mut! Was etwa gegen Husten
Im vorigen Jahr wir nehmen mußten,
Wir schlucken's heut bei Druck im Bauch –
Und – welch ein Wunder! – da hilft's auch!
Wenn überhaupt nur was geschieht,
Daß uns der Schmerz nicht wehrlos sieht –
Er wird nicht alles sich erlauben,
Stößt er auf unsern festen Glauben!
Von dem bewahrt euch drum ein Restchen
In eurem Apothekerkästchen!

Tele-Pathie

Fand einer Heilung rasch, der krank war,
Ist er natürlich riesig dankbar.
Er schreibt der Firma ganz freiwillig,
Die Tee versendet, gut und billig.
Dankschreiben finden in der Zeitung
Mit Recht in Wort und Bild Verbreitung.
Da sehn wir eine Frau aus Sachsen,
Seit siebzehn Jahren darmverwachsen,
Wie blickt sie uns jetzt rüstig an:
Der Tee, der hat ihr gutgetan.
Des weitern schreibt ein Herr aus Danzig,
Dort wohnhaft Schillerstraße zwanzig,
Daß er sich wieder glänzend fühlt:
Der Spulwurm ist hinweggespült.
Ein Mann, dem Kalk in ganzen Quadern
Gebröckelt schon in seinen Adern,
Schreibt, daß sein Blut jetzt dünner rönne
Und daß er wieder schlafen könne.
Durchs Leben jeder gerne wandelt,
Mit Tee ganz schmerzlos fernbehandelt.

Altes Volksmittel

Wer Gelbsucht hat, der heilt sie bald:
Er gehe in den nächsten Wald
Und schau (und glaube fest daran!)
Durchdringend einen Grünspecht an.
Nur reden darf er keine Silben!
Der Grünspecht wird sofort vergilben.
Der Kranke aber, kerngesund,
(Sofern er diesen Vogel fund,
Der ihm gegangen auf den Leim)
Geht mir nichts, dir nichts, wieder heim.

Entdeckungen

Seit alters schon wird unentwegt
Auf Wunden heilend Kraut gelegt.
Jedoch die reine Wissenschaft
Glaubt nicht an solche Wunderkraft,
Eh sie erprobt ihr Medizinchen
Exakt an Mäusen und Kaninchen.
Dann wird, was längst schon kräuterweiblich,
Auf einmal wichtig unbeschreiblich
Und durch die Welt geht's mit Gebrüll:
Heilkraft entdeckt im Chlorophyll!

SCHÖNHEIT

Die Welt, du weißt's, beurteilt dich,
Schnöd wie sie ist, nur äußerlich.
Drum, weil sie nicht aufs Innere schaut,
Pfleg du auch deine heile Haut,
Daß Wohlgefallen du erregst,
Wo du sie auch zu Markte trägst.
Die Zeitung zeigt dir leicht die Wege
Durch angepriesene Schönheitspflege.
Durch Wässer besser als mit Messer
Hilft dir ein USA-Professer,
Und ein Versandgeschäft im Harze
Hat Mittel gegen Grind und Warze
Und bietet dir für ein paar Nickel
Die beste Salbe gegen Pickel.
Sie macht die Haut besonders zart,
Ist gut auch gegen Damenbart,
Und ist, verändert kaum im Titel,
Auch ein erprobtes Haarwuchsmittel,
Soll gegen rote Hände taugen
Und glanzbefeuern deine Augen
Und wird verwendet ohne Schaden
Bei Kropf und bei zu dicken Waden,
Ist aber andrerseits bereit,
Zu helfen gegen Magerkeit
Und ist, auf Ehre, fest entschlossen,
Zu bleichen deine Sommersprossen.
Sie wird sich weiterhin entpuppen
Als Mittel gegen Flechten, Schuppen,
Ist, was besonders angenehm
Für Frauen, gut als Büstencrem

Verwendbar, und zwar, wie man wolle,
Für schwache Brust und übervolle.
Sofern du Glauben schenkst dem Frechen,
Hast nichts zu tun du, als zu blechen.
Die Salbe selbst wird, nachgenommen,
Und wohntest du am Nordpol, kommen.

Köpfliches

Der Kopf muß wohl das Beste leisten –
Ihn gut zu schützen, gilt's am meisten:
Den Eisenkopf vor frühem Rost,
Den Wasserkopf vor starkem Frost,
Den Feuerkopf vor großer Hitze,
Den Schlaukopf vor dem eignen Witze.
Der Dummkopf nur, der keinem nützt,
Gedeiht auch völlig ungeschützt.

Behandlung

Oft weiß zum Beispiel deine Frau
Bei Magenbluten ganz genau,
Was sie zu tun hat, was zu lassen,
Um richtig auf dich aufzupassen –
Um dir dann doch bei Seelenbluten
Das Wunderlichste zuzumuten.

LEHMKUR

Die *Lehmkur* hat schon viel erreicht,
Doch auch *ver*patzt wird manches leicht.

KNOBLAUCH

Zu rüstigem Alter führt der Lauch.
Bleibt treu ihm – bis zum letzten Hauch.

KURMITTEL

Verdienst du dir, gar auf die Dauer,
Dein bißchen täglich Brot zu sauer,
Stört bald der Säure-Überschuß
Dir deines Lebens Vollgenuß.
Gar viele Heilung schon erfuhren
Durch sogenannte Sine-Kuren.
Doch die sind meist – so ist das Leben –
An andre Leute schon vergeben.

Mitleid

Das Mitleid kann, selbst echt und rein,
Mitunter falsch am Platze sein.
Mit Takt gilt es zu unterscheiden,
Was jeweils heilsam für ein Leiden,
Ob Händedruck, aufmunternd, stark,
Ob in die Hand gedrückt zehn Mark.

Gesundlesen

Man kennt die Heilkraft warmer Tücher:
Genauso helfen warme Bücher!
Wer wäre nicht schon krank gewesen
Und hätt sich nicht gesundgelesen?
Denn Goethe, Keller oder Stifter
Sind wahre Tröster und Entgifter.

Vorurteil

Auch Medizin kann uns nicht frommen,
Voreingenommen eingenommen.

Ein Versuch

So jemand leidet bittre Pein,
So flusse er sich selbst beein,
Versuche, wie uns Weise lehren,
Durch Willen Zahnweh abzuwehren.
Ob Wille siege oder Zahn,
Kommt mehr wohl auf den letztern an.

Heilmittel

Der Weise, tief bekümmert, spricht:
An guten Mitteln fehlt es nicht,
Zu brechen jeden Leids Gewalt –
Nur kennen müßte man sie halt!

Kosmetik

Die allerwichtigsten Haare fast
Sind, die du auf den Zähnen hast.
Zu suchen wären neue Wege
Zu kühn verschmolzner Haarzahnpflege.

Heilschlaf

Die meisten Menschen harren still,
Was wohl das Leben weiter will.
Nur, wer nicht willens, abzuwarten,
Erwägt verschiedne Todesarten:
Doch laß er raten sich in Güte,
Daß er vor raschem Schritt sich hüte!
Zum Sterben braucht der Mensch nur wenig,
Zum Beispiel kaum ein Gramm Arsenik.
Jedoch, wenn dann der Grund nicht triftig,
Blieb das Arsenik trotzdem giftig.
Was nützt es, wenn er meint, ihn reut's,
Und hängt dann schon am Fensterkreuz?
Was, wenn er anders sich entschlossen
Und liegt schon da und ist erschossen?
Was, wenn er mitten im Ertrinken
Doch plötzlich säh noch Hoffnung winken?
Was, wenn er unterwegs zur Tiefe,
Den raschen Vorsatz widerriefe?
Rezept: Hat wer dergleichen vor,
Leg er sich nochmals erst aufs Ohr:
Es braucht nicht jeder Menschenkummer
Zur Heilung gleich den *ewigen* Schlummer.

Wasserheilkunde

Soll eine Pflanze richtig sprießen,
Dann muß man sie bekanntlich gießen.
Dies brachte Kneipp schon zu dem Schluß:
Die wahre Heilkraft liegt im Guß.
Ihn preist die Welt – und nur der Pudel
Nennt unser Lob bloß ein Gehudel,
Weil ihn schon immer sehr verdrossen
Laut Volksmund, wenn man ihn begossen.
Doch nie hält auf das arme Vieh
Den Sieg der Hydrotherapie!

Essigsaure Tonerde

Du denkst, wenn dich die Wespe sticht,
Die schlechtsten Früchte sind es nicht.
Vergebens wirst im ersten Schrecken
Du wider diesen Stachel lecken.
Jedoch die Erde, feucht und kühl,
Verringert bald dein Schmerzgefühl.
Und bist du ein besonders Schlauer,
Nimmst du die Erde essigsauer.
Doch bebst du lang noch gleich der Espe
Beim bloßen Blick auf eine Wespe.

Atemgymnastik

Im Grunde glaubt zwar jedermann
Dies, daß er richtig atmen kann.
Jedoch, das geht nicht so bequem:
Gleich bringt ein Mensch uns sein System!
Erklärt, daß unsrer Atemseele
Der gottgewollte Rhythmus fehle,
Auch hätten wir, so sagt er kühl,
Noch keinen Dunst von Raumgefühl
Und wüßten unsre Atemstützen
In keiner Weise auszunützen.
Er lockert uns und festigt uns,
Kurzum, der Mensch belästigt uns
Mit dem System, dem überschlauen,
Bis wir uns nicht mehr schnaufen trauen.

Vergebliche Mühe

Dem Kinde, wie's auch heult und stöhnt,
Wird wohl die Flasche abgewöhnt.
Jedoch das ewige Kind im Mann
Gewöhnt sie sich dann wieder an.

ÄUSSERER EINDRUCK

Willst du als Kranker Eindruck schinden,
Mußt du dir schon den Kopf einbinden.
Du kannst nur rechnen auf Erbarmen
Mit kompliziert gebrochnen Armen.
Jedoch mußt du bei Magenkrämpfen
Schon ziemlich zäh um Mitleid kämpfen.
Und gar bei Rheuma oder Gicht
Verabreicht man's grundsätzlich nicht.
Bei Seelenleiden noch so groß,
Ist deine Mühe aussichtslos,
Es müßte denn grad Tobsucht sein:
Die glaubt man dir – und sperrt dich ein!

UNTERSCHIED

Bekanntlich kommt das Kind im Weib
Durch das Gebären aus dem Leib.
Da aber sich das Kind im Mann
Nicht solcherart entfernen kann,
Ist es begreiflich, daß es bleibt
Und ewig in ihm lebt und leibt.

Gegen Aufregung

Wen Briefe ärgern, die er kriegt,
Dem sei, auf daß sein Zorn verfliegt,
Genannt ein Mittel, höchst probat,
Das manchem schon geholfen hat.
Er suche sich aus alten Akten
Die schon erledigt weggepackten
Droh-, Schmäh-, Mahn-, Haß- und Liebesbriefe,
Die schliefen in Vergessenstiefe:
Beschwichtigt alles und berichtigt,
Entzichtigt, nichtig und entwichtigt!
So wird die Zeit mit dem bald fertig,
Was gegen-, vielmehr widerwärtig.
Ad acta wirst auch du gelegt
Samt allem, was dich aufgeregt.

Atemnöte

Kaum hat sie einen Schnaufer 'tan
Hält neu die Welt den Atem an.

BESUCHE

Liegst du in deinem Krankenzimmer,
Dann freun Besuche dich fast immer.
Du harrst von Stund zu Stunde still,
Ob einer zu dir kommen will:
Just, wenn des Hemdes du ermangelst,
Nach der bewußten Flasche angelst,
In heißen Fieberträumen flatterst,
In einem kalten Wickel schnatterst,
Das Thermometer stumm bebrütest,
In jähem Schmerzensanfall wütest –
Dann, für Sekunden unerbeten,
Wird einer an dein Lager treten
Und gleich, errötend, wieder gehen,
Ganz leise, taktvoll auf den Zehen...
Ein andermal an deinem Lager
Stehn grade Bruder, Schwester, Schwager:
Nach leeren Wochen plötzlich drei –
Als vierter kommt der Freund vorbei.
Er kündet jedem, der erbötig:
»Besuche hat der gar nicht nötig!«
Und wieder liegst in dumpfer Pein
Du lange Tage ganz allein.

LEBENSLAUF

Die letzte Kinderkrankheit wich:
Die Altersleiden melden sich!

Untauglicher Versuch

Ist wer von Wesensart bescheiden,
Muß er verzichten, dulden, leiden;
Indes er sieht, daß es die Flegel
Zu etwas bringen in der Regel.
Nun, er besinnt sich seiner Kraft
Und gibt sich einmal flegelhaft.
Doch das war falsch: Die Höflichkeit
Kann einer lernen mit der Zeit;
Doch sonst bleibt alle Müh verloren –
Der echte Flegel wird geboren!

Herzenswunden

Die Medizin hat längst gefunden:
Rein halten gilt's bei allen Wunden.
Gern sieht ein braver Mensch das ein
Und hält sein Herz drum möglichst rein.
Er hat dazu auch allen Grund:
Ein gutes Herz ist immer wund!

Letztes Mittel

Der, dem die Zeugungskraft erschlafft,
Versucht's mit Überzeugungskraft.

Weltanschauung

Wie kräftig fühlen sich die Heiden,
Die nicht an Gallensteinen leiden.
Doch diese wie auch Milzbeschwerden
Sind leicht ein Grund zum Christlichwerden.
So führt oft nichts als Säftestauung
Zur Änderung der Weltanschauung.

Antike Weisheit

Im Altertum schon steht geschrieben,
Daß jung stirbt, wen die Götter lieben –
Womit sie nicht gleich jeden hassen,
Den sie noch länger leben lassen.

Föhn

Uns quält, wer weiß warum und wie,
Oft plötzliche Melancholie.
Es hat uns niemand was getan,
Doch weht's wie Wind uns traurig an:
So eine Art von Seelenföhn –
Dabei scheint's wolkenlos und schön.
Und doch, wir haben ihn gespürt,
Den Dämon, der sich heimlich rührt.

Einsicht

Gar manchem Süßes nicht mehr schmeckt,
Der's, als er jung war, gern geschleckt.
Anstatt nun ohne Neid zu sagen:
»Ich, leider, kann's nicht mehr vertragen«,
Gibt er die weise Meinung kund,
Das süße Zeug sei ungesund.
Rezept: Auch was wir nicht mehr können,
Das sollten wir der Jugend gönnen.

ABERGLAUBEN

Ein Mindestmaß an Aberglauben
Ist medizinisch zu erlauben
Und nicht ganz auszurotten, denn:
Wer *aber* glaubt, der glaubt auch *wenn*.

RAT

Schau in die Welt so vielgestaltig,
Sorgfältig, doch nicht sorgenfaltig!

EINFACHE DIAGNOSE

Willst wissen du, was einer ist,
Ob Opti- oder Pessimist,
So sag zu ihm, daß trüber Mut
Doch besser sei als Übermut.
Er lehne ab, er pflichte bei –
Du hast erfahren, was er sei.

Antiskepsis

Wenn man den Zweifel nicht kuriert,
Gar leicht daraus Verzweiflung wird.

Neues Leiden

Kopfschüttelfrost stellt leicht sich ein,
Sagst du zu allem eiskalt »Nein!«

Warnung

Daß von der Welt Besitz er nehme,
Erfand der Teufel das Bequeme.

Vitamin

Ein Vitamin ist das Gemüt,
Das schwindet, wenn es abgebrüht.
Soll's kräftig bleiben, lebensfroh,
Laß man's getrost ein bißchen roh.

Entwicklungen

Verschieden ist der Menschen Art:
Die einen, in der Jugend zart,
Sind oft im Laufe weniger Jahre
Schon zähe, morsche Exemplare.
Doch andre, ungenießbar jung,
Gewinnen durch die Lagerung
Und werden in des Lebens Kelter,
Wie Wein, je feuriger, je älter.

Gift und Galle

Es muß den Ärger allen meiden,
Wer etwa neigt zu Gallenleiden:
Ein Rat so gut wie Medizin!
Doch – meidet auch der Ärger ihn?

Harmverhaltung

Der Harm stört, täglich ausgeschieden,
Nicht allzusehr den Seelenfrieden.
Gelingt es nicht mehr, ihn zu triften,
Kann man sich schauerlich vergiften.

Punktion

Was man auch redet, schreibt und funkt:
Unheilbar bleibt der wunde Punkt.

FORTSCHRITT

Wir hören gern, daß es bei Früchten,
Gelang, sie ohne Kern zu züchten.
Denn ihre Ernten sind ergiebig,
Verwenden kann man sie beliebig.
Der Fortschritt, lange schon ersehnt,
Wird immer weiter ausgedehnt:
Gelang's doch schon, nach sichern Quellen,
Auch Menschen kernlos herzustellen.

EIWEISS

Vom Eiweiß liest man mancherlei,
So, daß es manchmal schädlich sei.
Jedoch vom Dotter keine Spur
In medizinscher Litratur!
Drum frei heraus und ohne Stottern
Sag ich: das Heil liegt in den Dottern.

LETZTE MÖGLICHKEIT

Wen nichts zu rühren sonst vermag,
Den rührt vielleicht einmal der Schlag.

BEHANDLUNG

Wenn eine Krankheit selbst beherzten
Und klugen Feld-, Wald-, Wiesenärzten
Sich nicht ergibt, dann ist es rätlich,
Man komme ihr kapazi-tätlich.
Bleibt sie selbst dann, trotz hoher Kosten,
Noch unerschüttert auf dem Posten,
So läßt sich's leider nicht vertuschen:
Jetzt wird es Zeit, um Kur zu pfuschen.
Doch pfeift auch da die Krankheit drauf,
Dann lasse man ihr freien Lauf.
Vielleicht, sie geht, sobald sie sieht,
Daß gar nichts mehr für sie geschieht.

PFUNDIGES

Die Bibel rät, die weisheitsvolle,
Daß mit dem Pfund man wuchern solle.
Kann sein. Doch weh, wenn ohne Grund
Ins Wuchern kommt von selbst das Pfund,
Sei's, daß an Mädchen jung und nett,
Es ansetzt unerwünschtes Fett,
Sei's, daß der Leib von braven Rentnern
Hinauf sich wuchert zu drei Zentnern.
Dies muß zum Widerspruche reizen:
Der Mensch soll mit dem Pfunde geizen!

Fingerspitzengefühl

Gefühl kann ganz verschieden sitzen:
Der hat es in den Fingerspitzen,
Bei jenem aber ist's verzogen
Hinauf bis an die Ellenbogen.
Es ist zwar dann nicht mehr ganz fein,
Doch soll es sehr von Vorteil sein.

Für Notfälle

Das Fluchen ist an sich nicht schicklich –
Doch manchmal hilft es, augenblicklich.

Roh-Köstliches

Die Rohkost macht durchaus nicht roh,
Sie macht uns frisch und frei und froh,
Nicht grade fromm, doch ziemlich frömmlich,
Und sie ist ungemein bekömmlich.
Vereint mit Kulten, rein und östlich,
Macht sie das Seelenleben köstlich,
Nur oft ein bißchen flügellahm,
Zwar dulderisch, doch unduldsam
Teils gegen männlich frohe Taten,
Teils gegen Schweins- und Kälberbraten.

Jugend

Die Jugend neigt in schlimmen Zeiten
Oft stark zu Pubertätlichkeiten.

Dummheit

Dummheit ist chronisch meist, latent,
So daß man sie oft kaum erkennt.
Nur manchmal wird sie so akut,
Daß man den reinsten Blödsinn tut,
Jedweglichen Verstand verlierend:
Dann ist die Dummheit galoppierend.

Neueres Leiden

Wir alle lasen in der Bibel
Als von dem ersten Menschenübel
Vom Schweiße unsres Angesichts.
Vom Fußschweiß aber steht dort nichts.

Empfindlichkeit

Leicht überwinden wir den Schmerz,
Trifft er das leidgewohnte *Herz*.
Mühselger schon ist's zu ertragen,
Wenn etwas schwer uns liegt im *Magen*.
Am schlimmsten scheint es, Geld verlieren –
Das geht empfindlich an die *Nieren*.

ERNÄHRUNG

Sofern du auf- und abgeklärt,
Hast du, rein seelisch, dich bewährt.
Jedoch die seelische Bewährung
Hilft meistens wenig zur Ernährung.
Im Gegenteil, die tausend Listen,
Durch die wir unser Dasein fristen,
Verlangen, daß man seine Seele
Der Welt, so gut es geht, verhehle;
Denn, da der Seelenvorrat knapp,
Kauft leicht die Welt dir deine ab.
Rezept: Benutze deine Hand
Und, wenn es nottut, den Verstand,
Um was zum Leben zu erwerben.
Die Seele brauchst du noch zum Sterben.

GEGEN SCHWIERIGKEIT

Wir kennen Dichter oder Maler
Und andre solche Seelenprahler,
Die auf den eitlen Ruhm begierig,
Sie seien ungeheuer schwierig,
Und alle Kunst- und Menschheitsflüche
Beschweren ihre arme Psyche.
Rezept: Des Künstlers Nöte merke
Man nicht am Reden, nur am Werke;
Und hier auch zeig die dunklen Stunden
Er uns am besten – überwunden!

Gehabte Schmerzen

Vier sitzen kreuzvergnügt beim Tee –
Dem fünften tut ein Stockzahn weh,
Und er erlaubt sich ganz bescheiden,
Zu reden von dem bösen Leiden.
Doch öffnet er noch kaum die Lippe,
Spricht schon der erste von der Grippe,
Die jüngst ihn schauerlich gequält.
Der zweite von der Gicht erzählt,
An der ganz grausam er gelitten –
Was wiedrum Anlaß gibt dem dritten,
Gleich klar zu schildern seinerseits
Den – längst vergangnen – Nierenreiz.
Der vierte überspielt sie alle;
Er spricht von seinem seltnen Falle:
Als Kind – 's ist vierzig Jahre her –
Erkrankte er an Typhus schwer...
So drücken an die Wand sie glatt
Den, der die Schmerzen wirklich hat,
Um am Bewußtsein sich zu laben,
Noch ärgere gehabt zu haben.

Unterernährung

Wenn eine Hungersnot sich naht,
Ist Vorrat wohl der beste Rat.

Holde Täuschung

Bei Nikotin und Alkohol
Fühlt sich der Mensch besonders wohl.
Und doch, es macht ihn nichts so hin,
Wie Alkohol und Nikotin.

Vorsicht

Durch ständiges Radiogelausche
Verfällt der Mensch dem Ätherrausche.

Gefährliche Sache

Ein Ferngespräch reißt manchmal Wunden.
Oft wird man auch noch falsch verbunden.

WUNDERBALSAM

An erster Stelle zu erwähnen
Als Wunderbalsam sind die *Tränen*.
Sie lösen, sparsam *selbst* geweint,
Das eigne Herz, schon ganz versteint.
Jedoch mit Vorsicht zu genießen
Sind die, die *andere* vergießen.

RELATIVITÄT

Wer Hunger spürt, der ißt sich satt,
Vorausgesetzt, daß er was hat.
Wer Liebe fühlt, zeigt sich als Mann,
Vorausgesetzt, daß er das kann.
Wer Wahrheit liebt, der urteilt scharf,
Vorausgesetzt, daß er das darf.
Wer Ruhe sucht, verhält sich still,
Vorausgesetzt, daß er das will.
Wer Geld möcht, schuftet mit Verdruß,
Vorausgesetzt, daß er das muß.
Wer sterben soll, stirbt wie ein Christ,
Vorausgesetzt, daß er das ist.
Kurz, was uns auf der Welt gelingt,
Ist leider ungemein bedingt.

UNTERSCHIED

Das Kopfzerbrechen bleibt Versuch –
Ernst wird es erst beim Schädelbruch.

OFFENE FÜSSE

Obgleich sie stets nur wohlgetan,
Trifft selten offne Hände man.
Doch offne Füße, wie ich seh,
Sind ziemlich häufig und tun weh.

WINDIGES

Ach, welcher unverdienten Schmähung
Ist ausgesetzt die arme Blähung!
Da sie, zwar schuldlos, sich nicht schickt,
Lebt sie in tragischstem Konflikt,
Und zweifelnd zwischen Tun und Lassen
Hat sie sich heimlich anzupassen
In einem Kampf, der voller Pein
Dem, der gern kinder-stubenrein.
Wie glücklich doch der Grobe prahlt:
»Heraus, was keinen Zins bezahlt!«
Der Feine hat sich abzufinden,
Er muß die Winde über-winden!

SCHMERZEN

Der Weise sagt uns unerbittlich,
Der Schmerz veredle und sei sittlich.
Jedoch, er straft sich Lügen glatt,
Sobald er selber Bauchweh hat.

Guter Zweck

Man sagt auch sonst bei jedem Dreck,
Die Mittel heilige der Zweck.
Drum Freunde, laßt mir das Gekrittel:
Zweck heiligt auch die *Abführmittel.*

Traurige Wahrheit

Oft geht uns was durch Mark und Knochen,
Das Rückgrat selbst wird uns gebrochen.
So was trifft andre nicht so schwer:
Sie haben längst kein Rückgrat mehr.

Erfahrung

Den Jahreswechsel kaum man spürt,
Bis er zu Wechseljahren führt.

Unterschied

Der Aussatz wütete einst schwer.
Den Einsatz fürchten heut wir mehr...

Schlaf

Es, sagt man, sei ein gut Gewissen
Das sanfteste der Ruhekissen;
Doch finden wir, daß ein Gerechter
Mitunter schläft bedeutend schlechter
Als einer, der von Grund auf bös:
Das macht, der Gute ist nervös!
Es stellt sich leider bald heraus:
Er schläft nicht richtig ein und aus.
Fremd sind ihm, in der Morgenkühle,
Die baumausreißrischen Gefühle,
Wo einer aufwacht, ganz entrostet,
Und fragt, was heut die Welt wohl kostet.
Die Welt ist viel zu teuer, drum
Dreht er sich lieber nochmals um,
Und wenn er aufsteht, tut er's nur
In Hinblick, schließlich, auf die Uhr.

Jugend und Alter

Da liegt ein tiefer Schmerz darin:
Die Jugend wußte nicht, wohin
Mit all dem, wovon mehr und mehr
Das Alter wüßte gern, woher...

Verstopfung

Man kann mit ethischen Entschlüssen
Zum Dürfen wandeln sonst das Müssen.
Nur die Verstopfung schafft Verdruß:
Man darf: – Was hilft's, wenn man nicht muß?

Gehversuche

Weil man als Kind das Gehn gelernt,
Meint man, man kann es. Weit entfernt!
Wie schwer, zu gehn zur rechten Zeit!
Wie oft geht einer auch zu weit!
Wie selten Leute, die's verstehn,
Uns auf die Nerven *nicht* zu gehn!
Wie mancher zeigt sich völlig blind
Bei Schritten, die entscheidend sind!
Nicht allen ist es wohl gegeben,
Aufrecht zu gehen durch das Leben.
Ja, wenn man nur, nach Schuld und Sünde,
In sich zu gehen gut verstünde,
Hingegen dort, wo es vonnöten,
Beherzt aus sich herauszutreten.
Es schreiten viele gleich zur Tat,
Statt erst mit sich zu gehn zu Rat.
Natürlich geht da mancher ein. –
Wer mit der Zeit gehn kann, hat's fein.
Hingegen muß man jene hassen,
Die einfach alles gehen lassen.

Wichtiger

Im Alter werden Freunde selten:
Drum, die du hast, die lasse gelten!
Recht kannst du manchmal leicht behalten,
Doch schwer den Freund, den guten, alten!

Selbsttäuschung

Wir alle wären gern gesund
Und, selbstverständlich, kerngesund!
Noch einmal so, wie wir vor Jahren –
Bei näherm Zusehn gar nicht waren!

Urteil der Welt

Ein Fieberkranker hat voll Kraft
Sich aufgerafft und hat's geschafft:
Er ging, trotz bösem Fieberrest,
Höchst lebenslustig auf ein Fest
Und tanzte dort und trank sich frei –
Am andern Morgen war's vorbei.
Er galt von nun an aller Welt
Als ausgemachter Willensheld!
Mit Fieber von dem gleichen Grade,
Auch überzeugt, daß es nichts schade,
Durch innres Schweinehund-Bekämpfen
Des Fiebers letzte Glut zu dämpfen,
Ging, gradso zuversichtlich-heiter
Auf dieses selbe Fest ein zweiter.
Doch hatte dieser wenig Glück:
Am andern Morgen fiel er rück.
Er galt der Welt nun (wenn auch tot)
Als ausgemachter Idiot!
Bei allem, selbst bei Fieberleiden,
Wird stets nur der Erfolg entscheiden.

BEDRÄNGNIS

Oft hat – ich hoffe nur, es führe,
Daß ich den heiklen Punkt berühre,
Nicht mit den Lesern zum Zerwürfnis –
Ein Mensch ein menschliches Bedürfnis.
Anstalten trifft man oft nicht an,
Woselbst man solche treffen kann.
Drum ist es gut, wenn unverweilt
Der so Bedrängte heimwärts eilt.
Auch achte er, indes er rennt,
Zu treffen keinen, der ihn kennt
Und ihn, der nichts will als verschwinden,
Ausführlich fragt nach dem Befinden.
Er sei in solchem Fall zwar höflich,
Doch *kurz* – sonst endet's kataströphlich.

VERÄTZUNG

Gar häufig gibt es Schwerverletzte
Durch allzu scharfe Vorgesetzte.
Wir müssen ohne Wimperzucken
Die Lauge ihrer Launen schlucken.
Und das verätzt uns, auf die Dauer.
Rezept: Man reagiere sauer –
Doch nicht zu laut und nicht zu plötzlich,
Nein, nur ganz leise und er-götzlich.

LEBENSGEWICHT

Leicht gebt den Rat ihr, den bequemen,
Das Leben nicht so schwer zu nehmen.
Doch scheint mir oft, daß ihr nicht wißt,
Wie schwer das Leben wirklich ist!

Diät

Gern hört man, abends eingeladen,
Daß gute Dinge uns nicht schaden.
So will der Hausherr, dieser Schurke,
Uns überzeugen, daß die Gurke,
Wie er sie anmacht, leicht verdaulich,
Die Hausfrau teilt uns mit, vertraulich,
Wie sie an Magensäure litte;
Sie wolle uns nicht drängen, bitte,
Das sei gewiß nicht ihre Art –
Doch diese Tunke sei soo zart...
Auch wird uns dringend angeraten
Der fast nicht fette Schweinebraten.
Der Weißwein kann, im allgemeinen
Sei's zugegeben, schädlich scheinen.
Doch dieser, ein gepflegter Franke,
Sei grade gut für Magenkranke.
Der also überzeugte Gast
Hätt es auch gut vertragen – *fast!*

Das Leben

Das Leben wäre doppelt schwer,
Käm's einfach nicht von selbst daher.
Eh wir recht ahnen, was es sei,
Geht es zum Glück auch selbst vorbei...

ENTWICKLUNGSKRANKHEITEN

Die Frau, solang sie unvermählt,
Tut, was ihr gut steht – auch wenn's quält.
Sie drängt das überflüssige Fett
Ganz unbarmherzig ins Korsett.
Halbblind, trägt sie doch niemals Brillen,
Ihr Bildungsdurst ist nicht zu stillen.
Sie zeigt sich sportlich oder fraulich
Just, wie's dem Männchen scheint erbaulich.
Im Haushalt ist sie riesig tüchtig,
Und sie ist gar nicht eifersüchtig.
Sie schwärmt dem Mann vor, wie sie künftig
Recht lieb sein wolle und vernünftig.
Jedoch, kaum ist vermählt sie glücklich,
Zeigt sie sich plötzlich rückentwicklich
Und ist, nach einem halben Jahr,
Schon wieder, wie sie immer war:
Halbblind, sieht sie bebrillt jetzt scharf,
Was *sie* will und was *er* nicht darf.
Von Bildung fällt nicht mehr ein Wort,
Dahin sind Tüchtigkeit und Sport.
Die Träne quillt, es schwillt das Fett:
Sie ist in keinster Weise nett.
Rezept: Der Jüngling darauf sehe,
Daß er erfahre *vor* der Ehe,
Was *in* der Ehe sie verrät
Zwar früh genug – und doch zu spät.

Geteiltes Leid

Ein Leiden ist schon halb geheilt,
Hat man es andern mitgeteilt:
»Und dieses Drücken, links im Bauch?« –
Der andere jubelt: »Hab ich auch!«
»Und oft im Kreuze so ein Stich?«
»Genau wie ich, genau wie ich!«
Wir sprechen bildlich: die zwei Därme
Gerührt sich fallen in die Ärme.
Im Fasching selbst und in Kostümen
Die Menschen sich der Leiden rühmen
Und steigern sich zu Ballgesprächen,
Daß sie sich manchmal stark erbrächen.
So leidgeteilt und lustgedoppelt
Hat sich schon manches Paar verkoppelt
Zu einer Ehe gut und still –
Denn Amors Pfeil trifft, wo er will.

Lehrsatz

Der Laie selbst sich nicht verhehlt,
Daß, wenn er krank ist, ihm was fehlt.
Den Satz hebt niemand aus der Angel:
Des Leidens Vater ist der Mangel.

MISSGEBURT

Sehr lang lebt oft – und frißt sich satt! –
Was weder Hand noch Füße hat...

DIE GUTEN VIERZIGER

Das Leben, meint ein holder Wahn,
Geht erst mit vierzig Jahren an.
Wir lassen uns auch leicht betören,
Von Meinungen, die wir gern hören,
Und halten, längst schon vierzigjährig,
Meist unsre Kräfte noch für bärig.
Was haben wir, gestehn wir's offen,
Von diesem Leben noch zu hoffen?
Ein Weilchen sind wir noch geschäftig
Und vorderhand auch steuerkräftig,
Doch spüren wir, wie nach und nach
Gemächlich kommt das Ungemach
Und wie Hormone und Arterien
Schön langsam gehen in die Ferien.
Man nennt uns rüstig, nennt uns wacker
Und denkt dabei: »Der alte Knacker!«
Wir stehn auf unsres Lebens Höhn,
Doch ist die Aussicht gar nicht schön,
Ganz abgesehn, daß auch zum Schluß –
Wer droben, wieder runter muß.
Wer es genau nimmt, kommt darauf:
Mit vierzig hört das Leben auf.

TRÜBSINN

Es gibt so Tage, wo die Welt
Dir, ohne Anlaß, arg mißfällt.
Selbst über Goethe oder Schiller
Denkst du an solchen Tagen stiller.
Auch schaust du einen Tizian
Ganz ohne innere Rührung an
Und meinst, bei einem Satz von Bach:
»Im Grunde einfallslos und schwach!«
Kurz, nicht in Worten, Bildern, Tönen
Spricht zu dir dann die Welt des Schönen.
»Dies«, fragst du – und du siehst nicht ein –
»Soll höchste Kunst der Menschheit sein?
Dies jene vielgerühmte Grenze,
An der Unsterblichkeit erglänze?«
Wir hoffen nur, dein wahnsinnstrüber
Unkunstsinnsanfall geh vorüber.
Wo nicht, so fahre zu den Toten –:
Mehr wird auf Erden nicht geboten!

Der eingebildete Kranke

Ein Griesgram denkt mit trüber List,
Er wäre krank. (was er nicht ist!)
Er müßte nun, mit viel Verdruß,
Ins Bett hinein. (was er nicht muß!)
Er hätte, spräch der Doktor glatt,
Ein Darmgeschwür. (was er nicht hat!)
Er soll verzichten jammervoll,
Aufs Rauchen ganz. (was er nicht soll!)
Und werde, heißt es unbeirrt,
Doch sterben dran. (was er nicht wird!)
Der Mensch könnt, als gesunder Mann
Recht glücklich sein. (was er nicht kann!)
Möcht glauben er nur einen Tag,
Daß ihm nichts fehlt. (was er nicht mag!)

Tropfglas

Beim Tropfennehmen darauf schau,
Daß du die Tropfen zählst genau:
Ein Tropfen schon, zuviel geträuft,
Macht, daß die Welt gar überläuft.

Schütteln

Auf Flaschen steht bei flüssigen Mitteln,
Man müsse vor Gebrauch sie schütteln.
Und dies begreifen wir denn auch –
Denn zwecklos ist es *nach* Gebrauch.
Auch Menschen gibt es, ganz verstockte,
Wo es uns immer wieder lockte,
Sie herzhaft hin- und herzuschwenken,
In Fluß zu bringen so ihr Denken,
Ja, sie zu schütteln voller Wut –
Doch lohnt sich nicht, daß man das tut.
Man laß sie stehn an ihrem Platz
Samt ihrem trüben Bodensatz.

Lebensleiter

Wir sehen es mit viel Verdruß,
Was alles man erleben muß;
Und doch ist jeder darauf scharf,
Daß er noch viel erleben darf.
Wir alle steigen ziemlich heiter
Empor auf unsrer Lebensleiter:
Das Gute, das wir gern genossen,
Das sind der Leiter feste Sprossen.
Das Schlechte – wir bemerken's kaum –
Ist nichts als leerer Zwischenraum.

VERSICHERUNG

Unsicher ist's auf dieser Erden,
Drum will der Mensch versichert werden.
Hat er die Zukunft nicht vertraglich,
So wird's ihm vor ihr unbehaglich.
Das Leben, ständig in Gefahr,
Zahlt er voraus von Jahr zu Jahr,
Daß auch an unverdienter Not
Er was verdient, selbst durch den Tod.
Die Krankheit wird schon halb zum Spaße,
Weiß man: das zahlt ja doch die Kasse!
Und wär das Leben jäh erloschen,
Gäb's hundert Mark für einen Groschen.
Ja, so ein Bursche spekuliert,
Daß durch Gesundheit er *verliert!*
Der Teufel aber höhnisch kichert:
»Wie seid ihr gegen mich versichert?«
Ja, stellt der Teufel uns ein Bein,
Springt die Versicherung meist nicht ein.
Der allzu Schlaue wird der Dumme:
Zum Teufel geht die ganze Summe,
Und wirklich wertbeständig bliebe
Auch hier nur: Glaube, Hoffnung, Liebe!

AUSGLEICH

So mancher hat sich wohl die Welt
Bedeutend besser vorgestellt –
Getrost! Gewiß hat sich auch oft
Die Welt viel mehr von ihm erhofft!

NUR

Wir lassen gern als Wahrheit gelten,
Dies sei die beste aller Welten.
Nur mit dem Platz, der uns beschieden,
Sind wir fast durchweg unzufrieden.

JE NACHDEM

Romantisch klingt es aus der Fern:
»Der Mensch ging unter wie sein Stern!«
Jedoch betrachtet aus der Näh,
Geht so was langsam und tut weh.

Theorie und Praxis

Wir hören's allenthalben preisen:
Das wahre Glück blüht nur den Weisen.
Die Folgerung daraus ist die:
Man werde weise! – Aber wie?

Scheintote

Lang lebt noch, rüstig und betagt
Manch einer, den man totgesagt.
Doch nicht so leicht mehr hochzukriegen
Ist einer, den man totgeschwiegen.

Nächstenfurcht

Was immer einer denk und tu,
Das trau er auch dem andern zu.
Und er beherzige, vorsichtshälber:
»Fürcht deinen Nächsten wie dich selber!«

Gastmahl des Lebens

Am Ende hat's fast jeder satt;
Nur, was geschmeckt am besten hat,
Äß man noch gern, das Leibgericht –
Doch nachgereicht wird leider nicht.

Nicht zimperlich

Oft tut was weh, ganz sanft berührt,
Was man bei kräftigem Druck kaum spürt.
So ist im Leben vieles schmerzhaft,
Bis man es angreift, frisch und herzhaft.

Schicksal

Ein echter Mensch hat sein Geschick:
Dem bricht's das Herz, dem das Genick.
Nur die sehn meistens wir verschont,
Für die ein Schicksal sich nicht lohnt.

BEHERZIGUNG

Krank sein ist schlimm – ihr sollt's bedenken
Und möglichst keinen Menschen kränken.

FRAGE

Wir nehmen gern die Weisheit an:
Was Gott tut, das ist wohlgetan!
Nur ist uns häufig nicht ganz klar,
Ob Er es denn auch wirklich war!

SCHMERZKONSERVEN

Als Abenteuer, frisch gepflückt,
Uns manches keineswegs beglückt.
Jedoch, wer hätte nicht entdeckt
Wie, als Erinnerung eingeweckt,
Uns schmeckt, erzählt nach manchem Jahr,
Was damals ungenießbar war!

Letzte Ehre

Die erste Ehre ist es meist,
Die man als letzte uns erweist:
Wer klug ist, freut sich drum beizeiten
An künftigen Fried-höflichkeiten.

Warnung

Die Hybris sitzt im Wesen tief
Dem, der (ger-)manisch-depressiv.

Fieber

Das Rüstungsfieber zu bekämpfen,
Muß man's mit kühlen Pressen dämpfen.
Die Angst – fast durchwegs sein Erreger! –
Steckt leicht auch an die Krankenpfleger.

Radio-Aktivität

Behandelt wirst du früh und spät
Mit Radio-Aktivität.
Oft geht sie durch das ganze Haus
Und sendet dauernd Strahlen aus.
Sie holt Musik aus aller Welt,
Die, keineswegs von dir bestellt,
Auf Wellen von verschiedner Länge
Gehör- sowie Gedankengänge
Durchkreuzt mit martervollem Wühlen:
Ja, wer *nicht* hören will, muß fühlen.
Rezept: Sich wehren, wäre Wahn –
Schaff selbst so einen Kasten an,
Sing laut, daß alle Wände beben,
Just, wenn Gesang dir nicht gegeben;
Spiel schlecht Klavier, lern Posthorn blasen,
Kurz, bring die andern du zum Rasen.
Dann sind wohl schon nach kurzer Zeit
Zum Waffenstillstand sie bereit.

WARNUNG

Des lieben Gottes Möglichkeiten,
Uns Schmerz und Ängste zu bereiten,
Sei's eingeweidlich, gliedlich, köpflich,
Sind wahrlich reich, ja unerschöpflich.
Gefährlich ist's, sich zu beklagen,
Das Leben sei nicht zu ertragen.
Denn er beweist es dir im Nu:
Du trägst's – und Zahnweh noch dazu –
Und fühlst erlöst dich ganz bestimmt,
Wenn er es wieder von dir nimmt.
Es scheint dir nunmehr leichte Last,
Was vordem du getragen hast.
Rezept: Trag lieber gleich mit Lust,
Was du doch schließlich tragen mußt.

GUTE VORSÄTZE

Den guten Vorsatz, sich zu bessern,
Muß mancher manchmal arg verwässern.
Die so erzielte Wasserkraft
Treibt dann den Alltag fabelhaft.

Verschiedne Einstellung

Als man zu Massen, wüst und dumm,
Zerrieb das Individuum,
Hat sich die Welt nicht sehr gekümmert.
Doch jetzt, wo man Atom zertrümmert, –
Im letzten Grund nur folgerichtig –
Nimmt sie das ungeheuer wichtig!

Zeit heilt

Zwei Grundrezepte kennt die Welt:
Zeit heilt und, zweitens, Zeit ist Geld.
Mit Zeit, zuvor in Geld verwandelt,
Ward mancher Fall schon gut behandelt.
Doch ist auch der nicht übel dran,
Der Geld in Zeit verwandeln kann
Und, nicht von Wirtschaftsnot bewegt,
Die Krankheit – und sich selber – pflegt.
Doch bringt's dem Leiden höchste Huld,
Verwandelst Zeit du in Geduld!

Inhalt

Vorwort	5
Lob der Heilkunst	7
Der Zahnarzt	8
Wundermänner	9
Wertbegriffe	9
Chirurgie	10
Schnittiges	10
Einem Berühmten	10
Wandlungen der Heilkunst	11
Ärztliches Zeugnis	11
Klare Entscheidung	12
Homöopathie	12
Honorarisches	12
Lauter Doktoren	13
Der Stabsarzt	13
Der rechte Arzt	14
Legende	15
Neue Heilmethoden	16
Die Ärzte	18
Apotheker	22
Orthopädie	23
Steinleiden	23
Blinddarm	24
Hautleiden	26
Hygrometrie	26
Herz	27
Herzklappe	27
Augenleiden	28
Schwindel	28
Brüche	29
Auf der Reise	30
Gemütsleiden	31
Übelkeit	31
Fußleiden	31
Schwacher Magen	32
Rezept	32
Erkenntnis	33
Schnupfen	34
Reiztherapie	34
Sonnenbrand	35
Neuer Bazillus	35
I. G.-Farben	35
Sonderbar	36
Durchfall	36
Merkwürdig	36
Billiger Rat	37
Spritziges	38
Vorbeugung	38
Blutdruck	39
Geschwülste	39
Unterschied	39
Warzen	40
Lebensangst	42
Bäder	42
Rekordsucht	43
Untersuchung	44
Selbsterkenntnis	44
Ein Gleichnis	45
Lob des Schmerzes	46
Störungen	46
Kranke Welt	47
Das größere Übel	47
Das beste Alter	48
Marktschreiereien	49
Dreckapotheke	50
Hausapotheke	51
Tele-Pathie	52
Altes Volksmittel	53
Entdeckungen	53
Schönheit	54
Köpfliches	55
Behandlung	55
Lehmkur	56
Knoblauch	56
Kurmittel	56
Mitleid	57
Gesundlesen	57
Vorurteil	57
Ein Versuch	58
Heilmittel	58
Kosmetik	58
Heilschlaf	59
Wasserheilkunde	60
Essigsaure Tonerde	60
Atemgymnastik	61
Vergebliche Mühe	61
Äußerer Eindruck	62
Unterschied	62
Gegen Aufregung	63

Atemnöte	63	Traurige Wahrheit	86
Besuche	64	Erfahrung	86
Lebenslauf	65	Unterschied	86
Untauglicher Versuch	66	Schlaf	87
Herzenswunden	66	Jugend und Alter	87
Letztes Mittel	66	Verstopfung	88
Weltanschauung	67	Gehversuche	88
Antike Weisheit	67	Wichtiger	89
Föhn	67	Selbsttäuschung	90
Einsicht	68	Urteil der Welt	90
Aberglauben	70	Bedrängnis	91
Rat	70	Verätzung	91
Einfache Diagnose	70	Lebensgewicht	92
Antiskepsis	71	Diät	94
Neues Leiden	71	Das Leben	94
Warnung	71	Entwicklungskrankheiten	95
Vitamin	71	Geteiltes Leid	96
Entwicklungen	72	Lehrsatz	96
Gift und Galle	72	Mißgeburt	97
Harmverhaltung	72	Die guten Vierziger	97
Punktion	73	Trübsinn	98
Fortschritt	74	Der eingebildete Kranke	99
Eiweiß	74	Tropfglas	99
Letzte Möglichkeit	74	Schütteln	100
Behandlung	75	Lebensleiter	100
Pfundiges	75	Versicherung	101
Fingerspitzengefühl	76	Ausgleich	102
Für Notfälle	76	Nur	102
Roh-Köstliches	76	Je nachdem	102
Jugend	77	Theorie und Praxis	103
Dummheit	78	Scheintote	103
Neueres Leiden	78	Nächstenfurcht	103
Empfindlichkeit	78	Gastmahl des Lebens	104
Ernährung	79	Nicht zimperlich	104
Gegen Schwierigkeit	79	Schicksal	104
Gehabte Schmerzen	81	Beherzigung	105
Unterernährung	82	Frage	105
Holde Täuschung	82	Schmerzkonserven	105
Vorsicht	82	Letzte Ehre	106
Gefährliche Sache	82	Warnung	106
Wunderbalsam	83	Fieber	106
Relativität	83	Radio-Aktivität	107
Unterschied	84	Warnung	108
Offene Füße	84	Gute Vorsätze	108
Windiges	84	Verschiedne Einstellung	109
Schmerzen	85	Zeit heilt	109
Guter Zweck	86